– À Sophie, Fabien et Camille,
mes premiers lecteurs.

G. N.

– À Sophie.

H. L.G.

© 1997 Père Castor Flammarion pour le texte et l'illustration
© 2000 Père Castor Flammarion pour la présente édition
Imprimé en France chez Pollina, 85400 Luçon - n°L93761
ISBN : 2-08160988-6 - Flammarion & Cie, éditeur (n° 0988)
Dépôt légal : juin 2000
Loi n° 49-956 du 16 juillet 1949 sur les publications destinées à la jeunesse.

Je m'ennuie dans mon lit

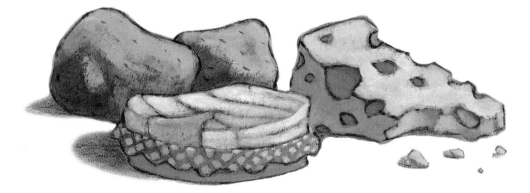

Geneviève Noël
illustrations de Hervé Le Goff

Père Castor
Flammarion

Ding dong, il est minuit,
l'heure du dodo.
Pourtant,
Mélanie souris n'arrive pas à dormir.

Elle crie :
— J' m'ennuie dans mon lit !
J' sais pas quoi faire !

Les yeux lourds de sommeil,
maman souris soupire :
– Le lit, c'est fait pour dormir !

– Avant de dormir,
j'veux faire un p'tit pipi, dit Mélanie.

Et elle se balance sur son pot
en chantant :
– J'ai pas sommeil, pas sommeil !
Aussi, avant de m'endormir,
je vais m'amuser sur mon lit.

Hop, elle bondit sur sa couette,
elle rebondit sur son oreiller,
elle fait six pirouettes,
dix galipettes,
puis elle crie :

— Avant de m'endormir,
j'veux manger du gruyère,
du camembert, des pommes de terre.

Quand elle a tout dévoré,
Mélanie souris se blottit dans son lit,
puis elle dit :
– Ça y est, j'ai sommeil !

Et plouf, elle s'endort en une minute.

Ravie, maman souris se dit :
– Chic, je vais pouvoir dormir,
moi aussi.

Et elle se blottit dans son lit,
elle ferme les yeux,
elle se tourne, elle se retourne…

Mais impossible de dormir !
Alors, maman souris éclate de rire.

Vite, elle bondit sur sa couette,
elle rebondit sur son oreiller,
elle fait six pirouettes
et dix galipettes.

Encore plus vite,
elle grignote du gruyère,
du camembert et des pommes de terre.

Puis elle se dit :
– Ça y est, j'ai sommeil !

Et plouf, elle s'endort en une minute.